CATALOGUE

DE BELLES

ESTAMPES

ANCIENNES ET MODERNES

AVANT LA LETTRE OU DE REMARQUES

ET QUELQUES

TABLEAUX & PASTELS

Du cabinet de M. T***

DONT LA VENTE AURA LIEU

HOTEL DES VENTES MOBILIÈRES

RUE DROUOT, N° 5

Salle n° 4.

Le Samedi 7 Février 1857, à une heure.

Par le ministère de Me **CHARLES PILLET**, C^{re}-Priseur,
rue de Choiseul, 11,
Assisté de **M. DEFER**, Expert, quai Voltaire, 21
Chez lesquels se distribue le Catalogue.

EXPOSITION PUBLIQUE

Le Jeudi 5 Février 1857, de midi à 5 heures.

Les curiosités dépendant de la même collection, seront vendues le vendredi 6 février par M. PILLET, avec l'assistance de M. ROUSSEL, expert, rue Neuve de l'Université, 3, chez lesquels le Catalogue se distribue.

PARIS

MAULDE ET RENOU

IMPRIMEURS DE LA COMPAGNIE DES COMMISSAIRES-PRISEURS,
Rue de Rivoli, 144.

1857

CATALOGUE

DE BELLES

ESTAMPES

ANCIENNES ET MODERNES

AVANT LA LETTRE OU DE REMARQUES

ET QUELQUES

TABLEAUX & PASTELS

Du cabinet de M. T***

DONT LA VENTE AURA LIEU

HOTEL DES VENTES MOBILIÈRES

RUE DROUOT, N° 5

Salle n° 4.

Le Samedi 7 Février 1857, à une heure.

Par le ministère de Me **CHARLES PILLET**, C^{re}-Priseur,
rue de Choiseul, 11,

Assisté de M. **DEFER**, Expert, quai Voltaire, 21

Chez lesquels se distribue le Catalogue.

EXPOSITION PUBLIQUE

Le Jeudi 5 Février 1857, de midi à 5 heures.

〜⁕〜

Les curiosités dépendant de la même collection, seront vendues le vendredi 6 février par M. PILLET, avec l'assistance de M. ROUSSEL, expert, rue Neuve de l'Université, 3, chez lesquels le Catalogue se distribue.

—

1857

ORDRE DE VACATION

--<<<⊖>>>--

Le Vendredi 6 Février, les CURIOSITÉS.

Samedi 7 Février, les ESTAMPES.

On suivra pour les Estampes l'ordre numérique en commençant du n° 1.

Au Comptant, 5 pour 100 en sus des enchères.

DÉSIGNATION

DES OBJETS

DEMARCENAY DE GUY.

1 — La Pucelle d'Orléans. *N. pinxit.*

POTRELLE.

2 — Suite de six pièces d'après Gérard. Le Départ,
   l'Arrivée, l'Attaque, le Succès, le Repos, le
   Regret.

BERNADI.

3 — L'Amour, d'après la statue en marbre de Tor-
   whalsen, de la galerie Aguado.
   Épreuve avant la lettre et sur papier de Chine.

NANTEUIL (Robert).

4 — François de Clermont-Tonnerre, abbé et évêque
   de Noyon (68). Belle épreuve.

MORIN (JEAN).

5 — Henri IV (R. D. 60), d'après Ferdinand.
Très-belle épreuve.

BALECHOU (JEAN-JOSEPH).

6 — Les Baigneuses, d'après Joseph Vernet.
Très-belle épreuve où les chevilles des pieds des baigneuses ne sont pas couvertes de tailles, dite ainsi : épreuve au chevilles blanches.

AUDRAN (GÉRARD).

7 — Dieu parlant à Moïse du milieu d'un buisson ardent. Dans le bas à droite *Raphaël pinx*, et plus bas *G. Audran, sculp*.
Belle épreuve avant le verset de l'*Exode*, en latin et en français et l'adresse dans la marque du bas.

BOISSIEU (JEAN-JACQUES DE).

8 — Le Maître d'école, composition de quatorze figures
Très-belle et ancienne épreuve sur papier collé et à vergure.

MORGHEN (RAPHAEL).

9 — Jésus-Christ entre Moïse et Élie se transfigurant sur le mont Thabor en présence de quelques-uns de ses disciples. Sujet gravé en 1801, d'après le célèbre tableau de Raphaël au Vatican.
Première et rare épreuve d'eau-forte, avant toute lettre.

10 — La même estampe.

> Deuxième et rare épreuve d'eau-forte avant toute lettre, seulement les lettres R, S. F. *Morghen sc. aq. f.*

VAN VLIET (Jean-George).

11 — Loth et ses Filles, d'après Rembrandt (1). Morceau bien gravé, où l'effet du clair obscur est admirable; c'est le plus estimé du maître.

> Première épreuve avant les contre-tailles sur le rocher qui est à droite. Bartsch ne signale pas cette différence. Cabinet *Verstolk de Soelen.*

12 — Suzanne et les Vieillards, d'après J. Livens (3).

> Superbe épreuve cabinet *Verstolk de Soelen.*

13 — La Cène (6).

14 — Ecce Homo (7).

15 — Jésus élevé en Croix (8). Très-belle, avec le fond blanc à droite.

16 — Jésus transporté au tombeau (9).

17 — La Résurrection de Notre-Seigneur.

18 — Le Vendeur de Chansons (15).

> Premier état non décrit avant l'adresse de Visscher et I. Covens.

MARC-ANTOINE RAIMONDI.

19 — Le Massacre des Innocents, d'après Raphaël (B. n° 18). Épreuve dite au chicot.

> Cette épreuve provient de la vente Jegher, où elle était ainsi désignée : belle épreuve restaurée.

SOUTMAN (Pierre).

20 — Ivresse de Silène, d'après Rubens. Titre : *Silinum... P. Sout. effigiavit C. Pruil. A° 1642.* Belle épreuve.

21 — Marche de Silène, d'après P. Rubens.
Belle épreuve.

SUYDERHOEF (Jonas).

22 — Trois vieilles Femmes occupées à boire. Sujet dans un ovale, dit : les Parques ou les Trois Commères. Dans le haut de l'estampe, on lit : *A Ostade pinxit; Suyderhoëf excudit.* Au coin de la marge, à droite : *Nicolas Visscher excudit.*

Belle épreuve avant que les angles de l'ovale aient été teints d'une seule taille.

23 — Le Coup de Couteau, d'après G. Terburg.

Rare épreuve avant la lettre, on lit seulement dans l'estampe les noms du peintre et du graveur.

24 — Buveurs et Fumeurs. *A. Brouwer pinx. J. Suyderhoëf sculp. Ecdewart de Bois excudit.*

25 — Une Femme debout tenant un verre et un Homme debout va lui verser à boire. *A. Ostaden pinxit. Clément de Jonghe. Suyderhoëf.*

Première épreuve avec l'adresse de Clément de Jonghe.

26 — Une Servante apporte à boire à deux paysans attablés à la porte d'un cabaret hollandais. Un balai placé à gauche de la composition a fait donner à cet estampe le nom de Manche à Balai.

Belle épreuve.

27 — La Querelle des Joueurs : l'un, prêt à frapper son adversaire avec un couteau.

Superbe et rare épreuve, avant l'adresse de Clément de Jonghe et avec les barbes de la planche. Collect. M. Verstolck de Soelen.

FORSTER (M. FRANÇOIS).

28 — Les Trois Grâces. Gravé en 1841, d'après le tableau de Raphaël, peint en 1508, en la pos-
session de lord Dudley.

> Epreuve avant toutes lettres, papier de Chine, n° 30,
> signé de M. Forster.

BLOEMAERT (CORNEILLE),

> Peintre, dessinateur et graveur au burin, né à Utrecht
> en 1603, mort à Rome en 1680; élève de son père *Bloemaert* et
> de *Crispin de Passe.*

29 — Son Œuvre. Composé de 181 pièces, en très-
belles épreuves, montées sur papier et renfer-
mées dans une boîte formant vol. in-fol. relié
en cuir de Russie.

> Les principales pièces de cet œuvre sont : saint Pierre
> ressuscitant Tabitte, veuve de la ville de Jeppé, d'a-
> près le tableau du Guerchin; la Nativité d'après Ra-
> phaël; la Vierge, l'Enfant Jésus et saint Jean, sainte
> Marguerite, d'après A. Carrache; diverses composi-
> tions de Vierges et Saintes Familles, d'après Titien,
> André del Sarte, Jules Romain, Baroche, Parmeson,
> L. Carrache; les Évangélistes, et divers sujets pieux,
> d'après Ciro Ferri, André Sacchi, F. Chiari, Guide,
> Blanchard, Lanfranc, etc., etc.

> Méléagre et Atalante, jolie pièce d'après Rubens;
> sujets mythologiques, allégories, thèses, statues anti-
> ques, portraits, etc., etc., gravés d'après N. Poussin,
> Pietre de Cortonne, Romanelli, P. Grebber, Gimi-
> gniani, Lazare Baldu, Zuccaro, etc. Suites de figures
> pour les Métamorphoses d'Ovide, le Temple des Mu-
> ses, 1655; le Jardin des Hespérides, les peintures du
> Palais Barberini, et plusieurs portraits de personna-
> ges italiens.

Ce bel œuvre provient des collect. *Mariette*, *de Fries* et *Verstolck de Soelen*.

GOLTZIUS (Henri).

30 — La Passion. Suite de douze pièces en hauteur (27 à 31).

>   Très-belles épreuves d'une suite rare.

31 — La même suite. Copies par Lucas Vorsterman, éditée par N. Visscher.

32 — La même suite. Copies trompeuses, par N. de Bruyn.

33 — Jésus tenant sa Croix (42).

>   Très-belle épreuve. Collect. *Recheberger*.

34 — La Vierge pleurant sur le corps de Jésus-Christ (41).

>   Belle épreuve d'une jolie pièce, plus la copie. Deux pièces.

35 — La Magdeleine, 1582 (57).

>   Très-belle épreuve.

36 — Henri IV, roi de France et de Navarre, en buste (172). Beau portrait.

>   Belle épreuve rare, d'un état non décrit par Bartsch; l'adresse de Paul de La Houe est biffée de deux traits très-apparents.

37 — Un Jeune homme, fils de Théodoric Frisius, peintre hollandais, demeurant alors à Venise; il a un Oiseau de proie sur le poing: pièce dite *le chien de Goltzius* (190).

>   Superbe épreuve du Cabinet de M. *Verstolck de Soelen*.

DURER (Albert).

38 — Adam et Ève (B. n° 1).

>   Magnifique épreuve d'une pièce capitale du maître.

La marque du papier représente une espèce de tête de bœuf. Cette marque est celle du papier du temps, et ne se trouve que dans les toutes premières épreuves. Cabinet *Revil*.

38 bis — Pandore ou la Fortune (n° 77).
    Très-belle épreuve. Collect. *Revil*.

VISSCHER (CORNEILLE).

39 — Le Joueur de Violon, d'après Brouwer. *C. Visscher aqua forti*.
    Très-belle épreuve du Cabinet de M. *Vestolck de Soelen*.

40 — Un Chat accroupi sur une serviette. Morceau connu sous le nom de *Petit Chat de Visscher*.
    Pièce très-rare; elle vient du cabinet *Revil*, 1830, et collect. *Standisch*.

41 — *Artica*. Titre pour un recueil de géographie. Cette estampe, d'un très-beau burin, est attribuée à C. de Visscher.
    Belle et très-rare. Collect. *Verstolck de Soelen*.

42 — L'Abreuvoir, d'après N. Berghen.
    Belle épreuve avant l'adresse et le n°, titre d'une suite.

43 — Intérieur de tabagie, composition de 9 figures, d'après Adr. Van Ostade. Sujet dit les Patineurs. Ancienne épreuve.

MULLER (FRÉDÉRIC).

44 — Saint Jean l'évangéliste, d'après le Dominiquin.
    Très-belle et rare épreuve avec l'année 1808.

STRANGE (ROBERT).

45 — Cléopâtre, représentée debout, se faisant piquer le sein par un aspic. Gravé en 1777, d'après

le tableau du Guide de la collection Montri-
bloud.

Épreuve avant la lettre. Collect. *Debois.*

46 — La Fortune et l'Amour. Allégorie d'après le tableau du Guide, au musée du Capitole, à
Rome.

Épreuve avant la lettre. Cette estampe, qui fait le
pendant de la précédente, est extrêmement rare.
Elles pourront être réunies. Collect. *Debois.*

47 — Sainte Cécile, d'après Raphaël (   ).

Superbe épreuve.

48 — La sainte Vierge assise, l'enfant Jésus sur ses
genoux; près d'elle, d'un côté, Magdeleine,
de l'autre, saint Jérôme, d'après le tableau du
Corrége, dans l'une des salles de l'académie
de Parme. Dessiné par Strange, à Parme, en
1763, gravé à Londres, en 1771.

Superbe épreuve.

WOOLLETT (WILLIAM).

49 — *The Spanish pointer* (le Chien d'arrêt espagnol).
D'après le tableau de G. Stubbs, de la collection Bradfort.

Épreuve avant la lettre, seulement les noms d'auteurs et l'adresse de *Bradfort, 1768*, tracés à la
pointe.

50 — *The Death of general Wolfe* (la Mort du général
Wolfe). Gravé, en 1776, d'après le tableau de
B. West, de la collection Grosvenor.

Épreuve avant la lettre, seulement le titre, les noms
d'auteurs et la publication tracés. Collect. *Boulle* et
M. Debois.

The Battle at la Hogue (la Bataille de la
Hogue en 1692). Gravé, en 1781, d'après le

tableau de Benjamin West, de la collection Grosvenor. Ce tableau est aujourd'hui au musée Maritime de l'hôpital de Greenwich, à Londres.

Épreuve avant la lettre, seulement les armes, le titre, les noms d'auteurs et la publication, tracés. Collect. *Daudet, Boulle* et *Debois*.

VILLE (JEAN-GEORGES).

51 — L'Instruction paternelle. Gravé, en 1765, d'après le tableau de Terburg, du cabinet de M. Peters, peintre. Tableau actuellement à la galerie impériale de l'Ermitage, à Saint-Pétersbourg. P. en H. La perfection avec laquelle est rendue la robe de la jeune fille debout, vers la gauche, a fait donner à cette estampe le nom de la Robe de Satin (55).

Première et très-rare épreuve avant toute lettre et avant la bordure gravée autour du sujet. M. Leblanc indique cet état comme peut-être unique.

52 — La même estampe, aussi avant toute lettre et avant la bordure, mais moins terminée que la précédente.

53 — Les Musiciens ambulants. Sujet de demi-figures, gravé, en 1764, d'après le tableau de Dietricy, de la collection électorale de Dresde (52).

Très-belle et rare épreuve avant toute lettre.

Les Offres réciproques. Sujet de demi-figures, gravé, en 1771, d'après le tableau de Dietricy, de la collection électorale de Dresde (53).

Très-belle et rare épreuve avant toutes lettres, avec un essai de paysage et de rochers sur la marge.

54 — La Dévideuse, d'après le tableau de G. Dow, du
cabinet du comte de Vence (61).

Épreuve unique avant toute lettre, essai de la plan
che.

La Liseuse, gravée, en 1761, d'après le tableau de G. Dow, du cabinet de Julienne.

Épreuve d'essai, la bordure moins travaillée ; elle
est retouchée au crayon. Très-rare état non décrit.

55 — Jean-Louis Berton de Crillon, archevêque de
Narbonne, (111).

Belle épreuve d'un portrait rare.

56 — Alexandre Pope, poëte (166), d'après Godefroy
Kneller 1745.

Première et rare épreuve avant la lettre, non décrite
avant les ornements autour de l'ovale.

57 — Le même, avec la lettre et la bordure historiée.
Cet état orne une édition des œuvres de Pope,
imprimée à Lausanne, en 1745.

58 — Jacques de Chabannes, comte de La Palisse, dessiné par le comte de Chabannes, d'après le
Mausolée (116). Portrait rare.

59 — Massé (Jean-Baptiste), peintre, d'après Tocqué
(130). Portrait gravé pour la grande galerie de
Versailles.

60 — Fonte de la statue de Louis XV (13).

Pièce extrêmement rare. *Cabinet Verstolck de Soelen.*

CATALOGUES

61 — Le Peintre-Graveur, par Adam Bartsch, 21 vol.
in-8°, cart. Exemplaire provenant du cabinet
Revil.

62 — Dictionnaire des Peintres et Graveurs, anciens et modernes, par Bafan, orné de 50 gravures spécimen de divers maîtres. Paris, Chaftard, 2 vol. in-8º.

63 — Divers catalogues de ventes d'estampes, avec les prix, seront divisés sous ce numéro.

———

TABLEAUX ET GOUACHES

RAPHAEL (d'après).

64 — La Suite, dite les Stanzes, huit sujets peints à fresque, par Raphaël, dans les chambres du Vatican. Ces sujets sont : l'École d'Athènes, le Parnasse, la Dispute du Saint-Sacrement, Héliodore chassé du Temple, Attila roi des Huns, la Messe à Bolcène, la Prison de saint Pierre et l'Incendie du Bourg, gravés par Volpato et Morgen.

Cette suite est coloriée en gouache et miniature d'après les originaux; elle est extrêmement rare. (Il manque une pièce, l'Incendie du Bourg.)

NATOIRE.

65 — Deux têtes d'Apôtres, d'un beau caractère, peintes au pastel.

FRANK (attribué à).

66 — Sainte Magdeleine. Tableau sur cuivre.

BOUCHER (attribué à).

67 — Deux très-jolis petits sujets, gracieux, peints, attribués à Boucher, pouvant orner des tabatières.

68 — Tous les articles omis.

Mavria et Renou, imprimeurs de la Compagnie des Commissaires-Priseurs rue de Rivoli, 144.

www.ingramcontent.com/pod-product-compliance
Lightning Source LLC
Chambersburg PA
CBHW061443170626
46811CB00005B/2340